Las cuatro estaciones

Estamos en primavera

Jackie Heckt

traducido por

Eida de la Vega

ilustrado por

Aurora Aguilera

PowerKiDS
press

Nueva York

Published in 2017 by The Rosen Publishing Group, Inc.
29 East 21st Street, New York, NY 10010

First Edition

Managing Editor: Nathalie Beullens-Maoui
Editor: Caitie McAneney
Book Design: Michael Flynn
Spanish Translator: Eida de la Vega
Illustrator: Aurora Aguilera

Cataloging-in-Publication Data

Names: Heckt, Jackie.
Title: Estamos en primavera / Jackie Heckt, translated by Eida de la Vega.
Description: New York : Powerkids Press, 2016. | Series: Las cuatro estaciones | Includes index.
Identifiers: ISBN 9781499422634 (pbk.) | ISBN 9781508151999 (library bound) | ISBN 9781499422641 (6 pack)
Subjects: LCSH: Spring—Juvenile literature.
Classification: LCC QB637.5 H39 2016 | DDC 508.2—dc23

Manufactured in the United States of America

CPSIA Compliance Information: Batch #BS16PK: For Further Information contact Rosen Publishing, New York, New York at 1-800-237-9932

Contenido

Hoy voy a usar mi impermeable.

¡Por fin llegó la primavera!

4

Mi papá dice que la lluvia hace que salgan las flores en primavera.

¡Espero que deje de llover pronto!

Mi mamá me lleva al parque.

Salpico en los charcos con mis botas de agua.

Veo una florecita que
comienza a nacer.

¡El invierno debe
haber terminado!

Los pájaros cantan en los árboles.

¡Ha llegado la primavera!

Veo a mi amigo Juan en el área de juego.

Está contento de que el tiempo
es cálido para poder jugar fuera.

Mi vecina María
nos ayuda
a buscar orugas.

16

Pronto se convertirán en mariposas.

Veo muchas ardillas que corren
en el parque.

¡Han salido de sus escondites
de invierno!

Comienza a llover otra vez.

Comparto mi paraguas con
María y con Juan.

Volvió a salir el sol.
¡En primavera, el tiempo
siempre cambia!

23

Palabras que debes aprender

(el) área de juego

(el) impermeable

(el) paraguas

Índice